CB079752

A CANETA & O ANZOL

DOMINGOS PELLEGRINI

A CANETA & O ANZOL

Histórias de pescaria

Ilustrações de
Fernando Souza

GERAÇÃO

Copyright © 2012 by Domingos Pellegrini

1ª edição – Outubro de 2012

Grafia atualizada segundo o Acordo Ortográfico da Língua Portuguesa de 1990, que entrou em vigor no Brasil em 2009

Editor e Publisher
Luiz Fernando Emediato (licenciado)

Diretora Editorial
Fernanda Emediato

Produtor Editorial
Paulo Schmidt

Assistente Editorial
Erika Neves

Projeto gráfico e diagramação
Manuel Rebelato Miramontes
Wilson Teodoro Garcia

Revisão
Vinicius Tomazinho

Dados Internacionais de Catalogação na Publicação (CIP)
(Câmara Brasileira do Livro, SP, Brasil)

Pellegrini, Domingos
A caneta e o anzol : histórias de pescaria / Domingos Pellegrini ; ilustrações de Fernando Souza. -- São Paulo : Geração Editorial, 2012.

ISBN 978-85-8130-101-3

1. Contos brasileiros I. Souza, Fernando. II. Título.

12-09777 CDD-869.93

Índice para catálogo sistemático:
1. Contos : Literatura brasileira 869.93

GERAÇÃO EDITORIAL

Rua Gomes Freire, 225 – Lapa
CEP: 05075-010 – São Paulo – SP
Telefax : (+55 11) 3256-4444
E-mail: geracaoeditorial@geracaoeditorial.com.br
www.geracaoeditorial.com.br
twitter: @geracaobooks 2012
Impresso no Brasil
Printed in Brazil

Fui pescar, choveu
então torci a roupa
depois choveu demais
deixei a roupa molhar
e a roupa secou no corpo
e nenhum peixe mordeu
mas, quem diria,
foi a melhor pescaria

SUMÁRIO

A PRIMEIRA

Dez anos de idade, cinco da manhã. Mãe me acorda, me dá um inesquecível sanduíche de ovo, e o vô me dá a mão porque vou ainda tonto de sono a caminho da ferroviária de Assis.

Foi uma tão curta quanto inesquecível viagem: o dia amanhecia nos janelões, o trem de bitola estreita chacoalhava e cheirava a diesel e aventura, e eu ia menino entre homens silenciosos e graves como estátuas, talvez porque ainda sonolentos, ou levando o peso da rotina a caminho do trabalho, mas me faziam sentir também adulto, apesar das calças curtas.

Descemos antes da cidadezinha vizinha, Tatuí, numa estação de carga com plataforma vazia, e dali batemos uma trilha cortando um capinzal que virou capoeira, onde uma cascavel chacoalhou o guizo, o vô desviou rápido me puxando pelo braço. Meu vô tinha lutado na Revolução Paulista de 1932 e, até há pouco tempo então, era para mim herói, contando tantas histórias de perigos e lutas nas trincheiras. Mas, no último Natal, com todos da família reunidos na ceia, depois que ele recontara aumentados alguns dos seus casos heroicos, meu pai perguntou a tio Nino, casado com a irmã de minha mãe, tia Olga:

— Nino, você também esteve na revolução e nunca conta nada, por quê?

— Porque eu não minto — tio Nino respondeu e o vô tinha parado de contar suas histórias, até que topamos com a cascavel e sua reação rápida me fez ver novamente nele um herói destemido. Segui o herói pela trilha no mato, até o rio.

Sentado num barranco, lancei meu primeiro anzol e, muitas minhocas depois, sem nem um beliscão na vara, comecei a irritar o vô com perguntinhas bestas, assobios, cantigas, pedras na água, até que, de repente, a vara curvou, a linha cantou, e lutei com o primeiro e inesquecível peixe da vida. Era uma piaba que, quando cansou de riscar a água, puxei com tanta força que escapou do anzol, tive de procurar no capinzal.

Fiquei olhando o peixe a se debater, até que o vô mandou pegar, falei que tinha nojo, ele mandou pegar senão ela acabava voltando para o rio, falei que tinha medo, aí a piaba deu mais uns pulos e acabou no rio. Então choraminguei mas ele falou que, na vida, a gente tem de agarrar e perseguir o que quer, e isso foi ainda mais inesquecível.

Entusiasmado, voltei a lançar a linha na água, nos mais diferentes pontos, impaciente, e nada, enquanto ele tirava uma piaba depois da outra. Quando reclamei que era injusto ele pegar tantas e eu nenhuma, ele falou que não era questão de justiça, mas de saber usar a cabeça:

— Piaba gosta de remanso, e você está pescando na correnteza...

Mais de década depois, estou pescando de novo, na praia. Vou até a arrebentação, com água pelo peito, para lançar a linha, volto tropeçando nos buracos do quebra-mar. Pego um robalo, o japonês vizinho pega outro maior; pego mais um, ele pega mais outro, assim a manhã toda, e nem molha os pés, sentado em cadeira na areia. Pesco dez, ele uma dúzia, todos maiores que os meus. Pergunto que isca usa, camarões como eu. E então resolve me contar:

— Eu usa vara comprida, né, lança lá longe. E eu sempre passa mão na areia antes de pegar isca, né, sem nunca pegar em protetor solar, que peixe grande estranha e só peixe miúdo aceita cheiro de produto químico. E, também, nos buracos do quebra-mar é que ficam os robalos maiores.

Lembrei do vô: é preciso usar a cabeça.

Quatro décadas depois, leio jornal com Dalva no café da manhã, quando vejo foto de um cidadão exibindo um baita peixe. Mostro a ela, dizendo que é um pintado de 28 quilos!, e ela sorri dizendo pois é:

— No século 21, com tanta tecnologia, tanta psicologia, tanta terapia, e os homens ainda se orgulham de ser predadores, exibindo peixes como troféus...

Tomo uns goles de café, até que decido provocar:

— As mulheres não fazem o mesmo porque não conseguem, né, pescaria é coisa que exige habilidade, técnicas, paciência e no fim, tanta força quanto maior o peixe...

Ela nem precisa bicar o café para rebater:

— Nós não precisamos de força pra pegar os nossos peixes... Usamos charme, sedução, inteligência, porque os nossos peixes são os homens... E por que vamos pescar peixes para comer se vocês pescam por nós?

E daí, vô?

DE AVÔ PARA NETO

Já fui pescador de deitar pensando na isca de amanhã, e tive pescarias memoráveis.

O sogro, vendo minha paixão, deu de presente molinete e caniço canadenses, coisas finas que só vendo. Fui a uma represa e, em vez de ficar em barranco, onde podia enfiar cano para descanso da vara, fui me postar num rochedo íngreme, pensando que dali, por ser mais fundo, tiraria peixes maiores.

Ainda colocando o molinete na parte mais grossa da vara, bati o pé na parte mais fina, que desceu pelo rochedo e afundou. Tentei alcançar, largando o molinete, que também desceu pela rocha e afundou. Fiquei com a imprestável parte mais grossa da vara, olhando a água escura e funda.

Anos depois, já tinhoso com molinete e iscas, pescando numa rocha batida pelas ondas, peguei um grande bagre, mas a chumbada enroscou numa greta e eu não conseguia puxar o peixe. Finquei a vara noutra greta e estudei o ritmo das ondas, cada uma vinha se avolumando, batia na rocha, explodindo em espuma, avançando rocha acima sua grossa língua de água, que enfim se encolhia de volta ao mar, varrendo a rocha e jogando o bagre para lá e para cá. Alguém falou que logo ele ia se livrar do anzol, então resolvi arriscar no intervalo entre duas ondas, para ir lá desenroscar a chumbada.

Não vá, disseram vários, uma onda podia me derrubar e a rocha tinha mariscos cortantes. Mas fui. Desenrosquei a chumbada e corri de volta, a tempo de escapar duma grande onda. Quando ela refluiu, vi o bagre se debatendo na rocha mas, quando recolhi a linha, a chumbada enroscou noutra greta.

Corta a linha, falou alguém, não vale a pena se arriscar por um peixe. Mas fui lá de novo, e, desenroscando a chumbada, só lembrei da próxima onda quando bateu nas costas. Me empurrou rolando rocha acima e, depois, arrastou rocha abaixo. Me vi no mar, sentindo arder os cortes de mariscos pelo corpo, sabendo que a próxima onda me jogaria contra a rocha.

Um dos pescadores pegou minha vara, correu até a beirada da rocha, esticando a vara para eu pegar, peguei, ele puxou, subi pela rocha com a rapidez do pavor, corremos rocha acima com onda quebrando logo atrás. Aí vi o bagre a meus pés. Tirei do anzol, joguei no mar. No hotel, onde cheguei sangrando com cortes por todo o corpo, perguntaram quem tinha me cortado daquele jeito. Eu mesmo, falei, eu mesmo.

Aquele bagre foi o segundo maior peixe que peguei. O maior foi um baiacu com quem lutei dez minutos. Juntou gente, até que tirei o bicho, com mais de três palmos de comprido, quase da grossura da minha coxa.

Um pescador disse que era o maior baiacu que já tinha visto, e emendou que era uma pena ser peixe venenoso que não se pode comer. Fiquei cutucando o bicho com a vara, e ele inchou, como fazem os baiacus, até virar um balão. Aí peguei pelo rabo e joguei no mar, boiou antes de afundar.

Depois fiquei duas décadas sem pescar. Agora, voltei a me apaixonar por pescaria, em pesqueiros tipo pesque-pague, onde a gente compra peixes pelo triplo do preço de peixaria. Mas compensa ver o neto puxar o primeiro peixe da vida, depois de já amuado porque os peixes nem beliscavam sua isca. É um pacu, que puxa forte e desliza para um lado, depois para outro, enquanto vou instruindo o menino para manter a vara alta, ir cansando o peixe, até que o bicho bota o bico fora da água, na beirada, e eu consigo recolher com o samburá. O menino está tão feliz que nem consegue falar, então eu falo:

— Viu? E você até já queria desistir! Ainda é um peixe pequeno, mas, com o tempo, você vai pegar peixes grandes!

Ele balança a cabeça concordando, com olhar de gratidão e admiração que, mesmo nesta idade, me faz crescer por dentro. Aí, como não consigo tirar o anzol que o pacu engoliu, e com preguiça de pegar o canivete na bolsa, enfio o dedo na boca do bicho, afinal é um pacu pequeno e... que mordida! O pacu morde lentamente, piscando o olho molemente, como se estivesse bocejando, mas me arranca um tampo da ponta do dedo!

É sangue por todo lado, o menino com os olhos arregalados, até que consigo parar o sangramento com uma pedra de gelo. Pego a garrafa de água mineral para lavar o sangue do peixe, da vara, do molinete, o menino ainda assustado, tento acalmar:

— Não foi nada, só uma mordidinha.

Mas ele balança a cabeça, pensativo, diz que não quer mais pescar:

— Já pensou se fosse peixe grande?

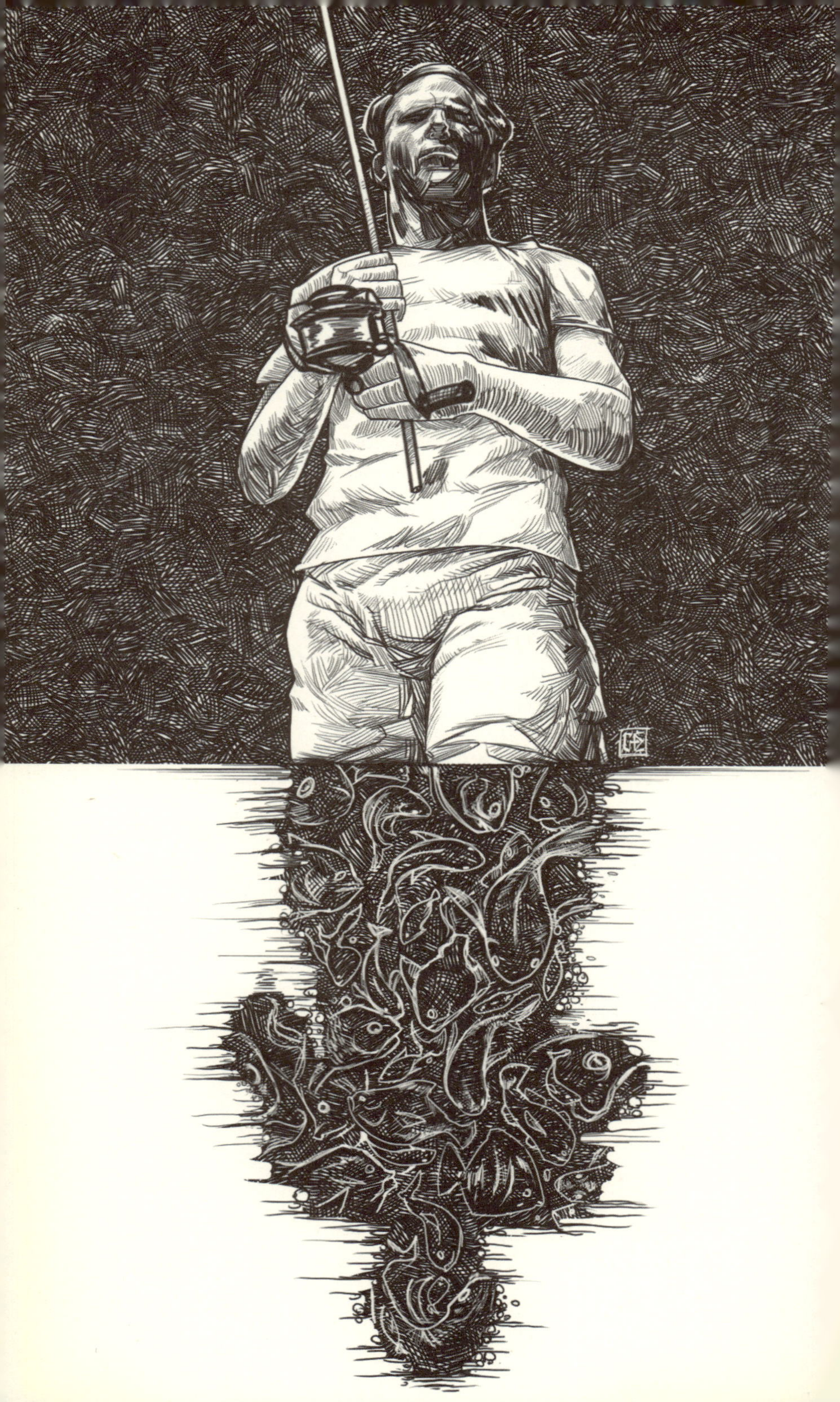

VINGANÇAS

Não, este não é um livro de grandes pescarias. Como aquela de *O Velho e o Mar* de Hemingway, em que o velho pescador azarado, que está há meses sem pegar um peixe, pesca um marlim de centenas de quilos, lutando dias com o peixe, até conseguir amarrar o bicho morto no bote, para, na volta para casa, ver o bicho ser comido por tubarões...

Outra grande história, inesquecível no cinema com Gregory Peck no papel do capitão Ahab, é Moby Dick, nome da baleia que é perseguida pelo capitão, vingador de navios destroçados pela grande baleia-branca. Mas o livro não é tão encantador, às vezes intrincado e maçante.

Meu cunhado Eduardo gosta de todo tipo de pesca, de peixes miúdos e médios de represas e rios, até os grandes peixes dos rios do Mato Grosso ou da Prata. Mas os grandes peixes não podem ser trazidos pelos pescadores, que os devolvem à água, na chamada pesca esportiva, que também podia se chamar pesca vingativa.

Pois não é uma vingança? O pescador compra um pacote de viagem, com direito a viagem de ônibus superequipado com bebidas de todo tipo, mais viagem de *van* também equipada, até o barco equipadíssimo, tanto que cada pescador tem, no pacote, direito a beber ou levar para casa tantas garrafas de vodca ou uísque, fora as cervejas que conseguir tomar à vontade. Daí chega ao rio, embarca e se regala no camarote, no bar, no restaurante, enquanto o barco viaja para os pontos de pesca. E tome cana, vodca, uísque e cerveja!

Vejo as fotos trazidas pelo cunhado: para pescar, nossos heróis embarcam em lanchas com motor e pirangueiro, o caboclo que vai de piloto e ajudante, até para botar iscas nos anzóis e ninguém ter de sujar a mão que segura o copo. E, quando os peixes mordem, nossos heróis, movidos a álcool, acionam as carretilhas com tanto vigor que às vezes a linha arrebenta. Quando não arrebenta, o pirangueiro com samburá ajuda a tirar o peixe da água, e aí o bicho é puxado pela boca, suspenso, fotografado enquanto vai asfixiando, apavorado de estar num ambiente sem água, como apavorados ficamos debaixo d'água.

É a vingança humana por serem os peixes tão espertos que negaceiam iscas, beliscam mas não mordem, sugam ou mamam iscas, escapando ilesos. É a vingança humana por serem eles tão estranhos que vivem debaixo da água, enquanto nós vivemos acima da água, tão diferentes que pescar é como afirmar nossa evolução, nós que viemos do mar, conforme os cientistas, mas podemos pescar até o maior peixe dos oceanos. Nosso sangue tem os mesmos treze elementos químicos da água marinha, evidenciando nossa origem, como também é mamífera a baleia, a nadar batendo a cauda na vertical e não lateralmente como os peixes. E, quando matamos a baleia, é como se fincássemos, além do arpão, um marco de evolução: somos menores, porém mais capazes!

E, quando o pescador é fotografado ou filmado com seu peixe, é a sua vingança: por mais esperto e manhoso que você seja, peixe, te peguei! E você vai sofrer aqui, até quase morrer, para só então eu, magnânimo, te devolver à água.

Mas o peixe também se vinga: mal é colocado na água, apruma-se, contorce-se ligeiro e nada para longe, voltando a ser peixe e livre na água como os pássaros no céu, enquanto nós, ah, só mergulhamos longe com tubos de ar ou só voamos com motores.

E então, vejo as fotos, os heróis voltam para o grande barco, onde os espera um enorme peixe assado num enorme forno, entre muitas garrafas. Puxaram a vara com força, tiraram da água os bitelos, as fotos provarão para todos, e agora beberão até arrotar peixe com álcool como típicos bichos urbanos. Meu cunhado mostra na foto o jaú de sessenta quilos assado no forno, conta que precisou de hora para tirar o bicho da água, uma luta daquelas.

— Mas, pra comer, não foi bom, não, muito gorduroso.

Ou seja, mais uma vingança do peixe.

CONVERSANDO COM A GARÇA

Eu estava no pesqueiro deserto, sabendo que no frio pesca-se pouco, mas a esperança é uma boba que se alimenta de ilusão.

Aí me senti observado, o sexto sentido alertando. Me virei e uma garça, branca como chapéu de freira, olhava imóvel.

Oi, garça, falei, e ela balançou a cabeça. Está me entendendo, pensei, e perguntei o que ela fazia ali.

Continuou me olhando, como se não tivesse entendido. Depois, com aquele seu passo delicado e cauteloso, foi para a beirada da lagoa e ficou olhando a água muito atentamente.

De repente, o pescoço curvou como vara com peixe grande, e a cabeça baixou tão depressa que, quando vi, já voltava para a posição altaneira, com um peixinho na ponta da longa tesoura do bico.

Daí ergueu o bico, para contar com a ajuda do planeta, abrindo e fechando o bico para o peixe, graças à força da gravidade, ir descendo bico abaixo e, depois, goela abaixo. Dava para ver o bichinho se debatendo a descer pelo longo pescoço.

Depois ela ficou me olhando, às vezes sobre um pé só, e me dei conta de que, na prática, tinha respondido minha pergunta: estava ali pescando, como eu, só que com mais sucesso.

Então minha boia afundou, puxei a vara e era uma tilapinha, muito miudinha para mim, mas para a garça devia ser um grande petisco, pois esticou o pescoço, adiantando um passo, enquanto eu tirava o peixinho do anzol.

Você quer isto? — perguntei estendendo a mão com o peixinho entre os dedos.

Ela esticou o pescoço. Quer? — perguntei de novo, e ela esticou mais o pescoço. Abri os dedos, o peixinho se debatendo na palma da mão. Antes que ele caísse, a garça deu mais um passo ligeiro e pinçou o bichinho, senti o pique de seu bico na mão.

Ela comeu me olhando, não sei se agradecida ou vigilante. Depois foi para a beira da lagoa novamente, andando tão lenta que cada pé ficava parado no ar antes de pousar para um novo passo. Perguntei se estava querendo competir comigo na pescaria, ela respondeu pinçando mais um peixinho, e comeu me olhando. Daí olhou o horizonte, e voou.

Depois alguém do pesqueiro contou que ela vive ali, conhece os pescadores que lhe dão peixes, fica em volta deles, ignorando os outros.

— Mas nunca comeu peixe da mão de alguém, só do senhor.

Senti orgulho. Chegando em casa, Dalva perguntou o que pesquei, falei que só fiz amizade com uma garça, tão bonita e delicada que não vejo a hora de voltar a pescar, agora não mais esperando pegar um peixe graúdo, mas muitos peixes miúdos. Acho que a garça quis me dizer que os melhores prazeres são miudinhos.

TRÊS PEIXES

Elas pegaram três varas e começaram a pescar ansiosas, a todo minuto tirando os anzóis da água. Mas, com o sol castigando, acabaram com as varas pendidas já começando a bicar a água.

Então convidei para sentarem no meu banco, na sombra de árvore, e elas vieram agradecidas. Mostrei como colocar a isca cobrindo todo o anzol, e como puxar rápido e forte quando a boia fosse puxada, não antes quando o peixe apenas beliscasse.

Elas voltaram a pescar com as varas empinadas de esperança.

A mãe foi a primeira a pegar seu peixe, as duas meninas pulando, ela tão alegre quanto aflita, sem saber como tirar o peixe da água. Recue, falei, recue e vá erguendo a vara, e ela foi recuando.

Mas não recue tanto, falei, que vá cair na outra lagoa, e ela riu feito menina. Tirei o peixe do anzol, botei no samburá, as meninas ficaram erguendo o samburá acima da água para ver seu troféu vivo.

Não façam amizade com ele, falei, senão depois vão ter dó de comer. Elas voltaram para as varas, olhos grudados nas boias.

Com voz baixa, a mulher contou que o pai delas sempre prometia virem ao pesque-pague, mas antes acabou saindo de casa e agora atrasava a pensão, mas com a graça de Deus "e meu trabalho", falou firme, não faltava nada para as meninas, só um pouco de diversão.

Contou também que, com o décimo terceiro, primeiro pagou umas contas, o material escolar das meninas, o imposto do Fufu, o fusca que o marido deixou quando foi embora com o carro maior, e só então falou filhas, hoje vamos ao pesque-pague.

Então a menina maior fisgou um peixe, e as três pularam e gritaram, e tiraram o peixe da água numa alegria louca.

Quando voltaram a pescar, a mãe ficou consolando a caçula, dizendo que o importante é pescar, não pegar peixe, mas a menina continuou a olhar a boia com tristeza.

A mãe contou também que agora estava fazendo curso de informática, para ganhar mais, e, com a graça de Deus, tudo ia melhorar — e, quando falou isso, a caçula fisgou seu peixe.

Se a alegria de uma criança pudesse ser medida por notas, a alegria da menina merecia nota doze. Ela tremia de satisfação e responsabilidade, imobilizada com as mãos juntas segurando a vara, até que conseguiu falar "tira pra mim, mãe", mas a mãe disse não, tirasse ela mesma, "assim aprende", e a menina foi recuando, recuando, até tirar da água seu peixe. Agacharam as três em torno dele, falando baixinho, abraçadas como um time no intervalo do jogo.

Depois a mãe foi pegar o cardápio no bar, contou o dinheiro da bolsa e pediu refris e sanduíches, comeram trocando olhares de ternura e confiança, as varas esquecidas.

Pegando o samburá, a mãe perguntou como as meninas queriam os peixes, assados ou fritos, e depois de muita conversa resolveram que um seria assado, outro frito e outro cozido, mesmo que desse mais trabalho, "vamos comer peixe de todo jeito", a mãe resolveu e as filhas olharam para ela orgulhosas.

Fui pegar uma cerveja no bar e, lá do carro, elas acenaram, a mãe buzinou e descobri por que o fusca chama Fufu.

Pensei como iam dividir um peixe pequeno a cada refeição, um assado, um frito, um cozido, mas isso não deve ser problema se comerem cada peixe com a alegria com que acenavam felizes. Felizes. Fe-li-zes.

MEDITAÇÃO

Há uma polêmica entre os neuropsicólogos: alguns acreditam que nossa mente produz em média 50 mil pensamentos por dia, outros acham que apenas 40 mil, enquanto outros ainda acreditam em até 100 mil. Como diria o caboclo, é pensação pra encher muita valeta!

O fato é que nossa mente é, conforme os místicos, uma fonte infernal de inquietude. Ou como me disse um insone:

— Eu não dormia porque ficava pensando no que ia fazer no dia seguinte, e de dia não fazia quase nada porque me dava um sono danado. Fiz tratamento e hoje não penso mais no amanhã, mas às vezes perco o sono pensando no tanto que deixei de fazer por causa da insônia...

A gente pensa até dormindo, pois que serão os sonhos senão pensamentos em forma de histórias? Muitas vezes são histórias tão sem sentido que Osho decretou, confrontando Freud:

— Sonhos são apenas diversão da mente.

Antes de fazer ioga, eu pensava que meditação era coisa mística, sobrenatural. Fiquei feliz de descobrir que é apenas desligar a mente, como instruem os iogues:

— Deixe os pensamentos passarem, como paus boiando numa correnteza, apenas os observe e deixe que se vão, não os acompanhe — ou, como diria o caboclo, não dê trela.

Depois de esvaziar a mente, em vez de nos sentirmos vazios e pobres, nos sentimos plenos e frescos, prontos para descobrir e reviver, podendo chegar até a flor da meditação, que é o perdão, inclusive perdoando a nós mesmos, depois de perdoados os desafetos e inimigos, ou, como diz um amigo:

— Muitas vezes temos inimigos só porque não os perdoamos e, assim, não os compreendemos nem sabemos lidar com eles...

Osho tem mais de 600 livros publicados e — como Jesus, que tem sua biografia em quatro versões — não escreveu nenhum, foram todos transcritos de suas palestras. Inteligente que só, ele percebeu que nós ocidentais, devido à nossa cultura de ação, temos dificuldade de meditar, não conseguimos acalmar a mente, sempre pensando no que fazer, planejar, antever. Então Osho inventou a meditação dinâmica, que é dançar, chacoalhando o corpo e respirando forte, até o corpo cansar, acalmando, deixando a mente relaxar e meditar, ou seja, não pensar em nada.

Confesso que, na ioga, quando chega o momento da meditação, do relaxamento total, a chamada ioganidra, sempre penso em coisas a fazer depois, providências, sonhos até.

Mas, ultimamente, redescobri a pesca e, nos pesqueiros, encontrei a meditação perfeita para mim: olhando a boia da linha ou trocando as iscas, nada penso. Depois, pegando peixes ou não, me sinto vazio, limpo, pleno, gostando da vida como o cachorro que olha passarinhos num gramado e corre atrás deles mesmo sabendo que não vai alcançar.

Ah, meu amigo, problemas? A melhor forma de começar a resolver é deitar, relaxando todos os músculos, dos pés à cabeça, inclusive o queixo, a testa, os olhos, imaginando que são duas bolas negras boiando numa escuridão infinita, e... você acabará renascendo aqui e agora, sem passado nem futuro, pronto para tudo.

Mas um amigo, cheio de tiques nervosos, me pergunta assustado:

— Não é perigoso?

O ser humano é o bicho mais engraçado.

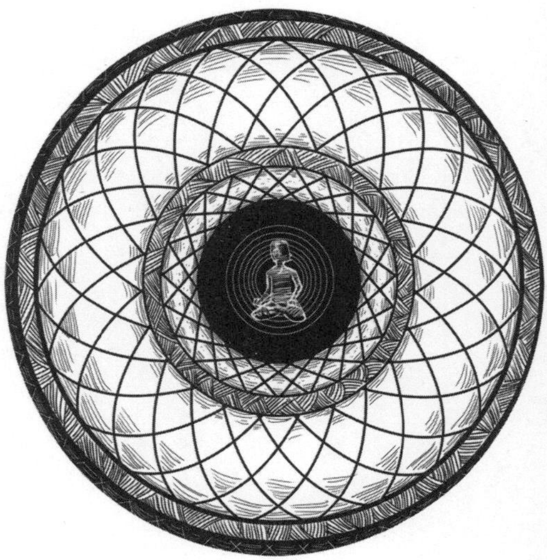

TATUAGEM

Eu pescava tranquilo até que os dois vieram se botar bem do meu lado, falando alto depois que botaram as linhadas na água.

— Cara, não podemos pescar mais que cinco quilos, hem, senão o dinheiro não vai dar.

— Quatro quilos, porque a gente vai tomar umas cocas, né.

Assim combinados, ficaram botando e tirando os anzóis da água tão depressa que os pobres peixes, se quiseram beliscar, ficaram só na vontade. Até que esqueceram das varas, apoiadas em forquilhas, e um deles falou olhando o braço:

— Tô a fim de tatuar aqui, cara, mas não sei o quê.

— Uma cobra.

— Por que uma cobra?

— Porque toda gata vai perguntar por que a cobra. Aí você joga aquele lero e ganha a gata.

O outro ficou pensando, sem ver que a boia da sua vara afundava.

— Cobra, cara, já infernizou Adão e Eva, né, e mulher tem medo de cobra, qualé?

— Então vou tatuar um sol, mulher gosta de tomar sol que nem peixe gosta de água.

Aí viram as pontas das varas bicando a água, de tão curvadas, e puxaram com tanta força que conseguiram, os dois, arrebentar as linhas ao mesmo tempo. Ficaram se lamentando, depois foram trocar as varas, voltaram falando da tatuagem.

— Sol é dez, cara, mas lua não será mais romântico?

— Aí vai agradar as gatas, mas a moçada vai pensar que você é gay...

Lançaram os anzóis.

— E uma flor, hem, com forma de sol mas cara de flor!? Aí explico: é que eu sou quente como o sol, gata, mas carinhoso como uma flor.

— E flor é carinhosa, cara? Flor é bonita, é cheirosa e só.

— Uma gata me falou que dar flor é mostrar carinho.

— Dar flor, né, não tatuar flor! Os caras vão te chamar de florzinha.

As boias de novo começaram a pinotear, eles nem viram.

— Precisa ser coisa que a gata olhe e arregale os olhos, cara, dizendo que lindo, por que você tatuou isso?

— Já sei! Que tal uma lua chorando umas lágrimas que viram estrelas?

— Cê tá brincando? Parece coisa de corno ou de bichinha louca! Tem de ser uma coisa que... não sei.

— Pois é.

Enquanto isso, as varas pararam de beliscar, decerto as iscas já comidas. Mas eles continuaram discutindo a tatuagem, até que recolheram as linhas.

— Vamos tomar aquelas cocas, cara, não dá peixe não.

E foram, discutindo a tatuagem porque, como disse um e o outro concordou, “se vai fazer, tem de fazer bem feito”...

LÓGICA E GRAÇA

Se pescaria tivesse lógica, não tinha graça. Inventei esse ditado, falei a vários pescadores, e cada vez mais me convenço disso.

Fui a um pesqueiro, levando acerolas, que disseram ser ótima isca para pacu. Peguei dez pacus.

Dei pacus para a primeira sogra, para a segunda sogra, para a vizinha onde catei acerolas. Tempo depois, fui confiante a outro pesqueiro, com lindas acerolas, e... nem beliscão!

Um pescador me falou que é assim mesmo, peixe tem dia, depende do vento, do clima, do sol e das nuvens, da lua, vai saber. Outro pescador disse que pode ser devido à origem:

— A acerola funcionou noutro pesqueiro, com peixes criados com frutas. Aqui, criados com ração, só gostam de massa, salsicha, minhoca — e, para provar, ele pescou mais um pacu com minhoca.

Troquei de isca, mas os pacus continuaram sem beliscar.

Depois voltei ao primeiro pesqueiro, novamente com acerolas e... nada. Lá pelas tantas, botei massa no anzol e pesquei três pacus.

Depois voltei ao segundo pesqueiro, o pesqueiro carnívoro, com salsicha, minhoca e bacon, e nem beliscaram, enquanto outro pescador pegou vários pacus com tomatinhos e acerolas.

Conversei com ele, que me falou olha, é o seguinte:

— Se pescaria tivesse lógica, não tinha graça.

Pensei em dizer que a frase é de minha autoria, mas deixei pra lá. Apenas me prometi pescar com qualquer isca, deixando a cargo dos peixes morder ou não.

Na próxima pescaria, porém, por via das dúvidas e já por gosto de pesquisa, levei acerola, salsicha, bacon, quiabo, tomatinho, laranjinha, queijo, pão de queijo e bala de banana, porque alguém tinha me falado que era isca boa para pacu.

Peguei quatro pacus mas, como usei duas varas com três anzóis cada uma, variando as iscas, e como também tomei três latinhas por vara, não consegui saber que iscas funcionaram, até porque dois dos pacus vieram quase ao mesmo tempo, um em cada vara, e foi uma correria de inspirar Charlie Chaplin.

Depois um menino chegou-se curioso, olhou as tantas iscas e perguntou:

— O senhor come tudo isso?

Respondi que eu não, apenas esperava que os peixes comessem, e ele fez cara de nojo olhando os quiabos:

— Credo, tem de ser um peixe muito besta pra comer isso.

Ofereci bala de banana, ele pegou uma, depois pediu outra, mais outra, falei que podia pegar todas, e ele, responsável:

— Todas, não! E se eles começam a gostar das balas?

No mesmo instante, uma vara puxou forte e, quando tirei o pacu, estava fisgado com bala de banana ainda na boca.

— Não falei? — o menino sorriu, depois ficou sério: — Mas eu só deixei mais duas balas aí...

Falei tudo bem, viriam mais dois pacus e eu daria um a ele. Mas as duas balas passaram o resto da tarde tomando banho e só mais dois pacus fisgaram... um numa acerola, outro numa minhoca.

Pescaria é assim, falei, se tivesse lógica... não tinha graça, o menino emendou, dizendo que o pai dele sempre fala isso.

ANZÓIS

Pescando, penso coisas que para nada servem e, por isso mesmo, são deliciosas.

Fico me perguntando, por exemplo: por que, pescando com duas varas, num dia só dá peixe numa, e na pescaria seguinte só dá peixe na outra?

Aliás, descobri que missô, a massa japonesa de soja, é ótimo para dar sabor e aroma na massa de isca. Será que é por isso que os japoneses parece que sempre pescam mais?

Mas mudemos para abelhas, ou melhor, marimbondos. Depois de pescar umas duas horas, debaixo de um guarda-sol de pesqueiro, em cuja haste me recostei, balançando a cobertura, é que me dei conta de que acima de minha cabeça, bem no cume, estava uma baita caixa de marimbondos.

Como não vi antes? Teria sido porque estava tão entretido com as varas e iscas? Ou foi porque os marimbondos não voejaram zumbindo como fazem quando alguém se achega da caixa? Ou ficaram quietinhos porque não sentiram más intenções em mim?

Só sei que, enquanto cismava isso, uma das varas vergou, a linha até chiando de tão puxada. Boto sinetinha na ponta da vara, e o puxão foi tão forte que lançou a sinetinha na água.

Levantei num pulo, sentado que estava a admirar a caixa de marimbondos, e agarrei a vara, a fricção gemendo que só. Fui deixando o pacuzão levar linha, para se cansar, quando ouvi a sinetinha da outra vara chacoalhar.

Já tinha pensado no que fazer caso as duas varas fisgassem ao mesmo tempo, mas, na hora que aconteceu, foi como se nunca tivesse pensado nisso. Fui levando a primeira vara até a segunda, mas o bicho puxava tanto que temi perder a primeira se segurasse só com uma mão, para com a outra pegar a segunda.

Resolvi cansar mais o primeiro peixe, antes de me dedicar ao segundo, que devia ser menor, puxava bem menos. Então deixei a segunda vara no seu aparador, e tratei de recolher logo o primeiro peixe. Reduzi a fricção e fui puxando, ele veio lutando, fazendo manobras em Z, já nisso mostrando sua zanga.

Cheguei a ver sua cabeça bicuda a sair fora da água, os olhos espantados, e devia ter uns quatro ou cinco quilos, o maior pacu que já fisguei; e só fisguei, não pesquei porque, quando fui puxar da água, o bicho ainda não estava cansado, deu um safanão e fugiu.

Sentei no chão de tão frustrado, e só aí ouvi que a outra vara continuava sinetando. Pulei de novo e, quando peguei a vara, senti que a linha folgava. Enquanto recolhia a linha, a sineta parecia debochar:

— Viu, ganancioso? Pesca com duas varas pra pescar mais, e acaba é pescando nada...

Teria sido só uma infeliz coincidência ou uma lição? Continuo a pescar com duas varas ou não? Assim dobro as chances, mas também me arrisco a repetir essa antifaçanha.

Na dúvida, fiquei olhando o anzol, e vi que é igualzinho um ponto de interrogação...

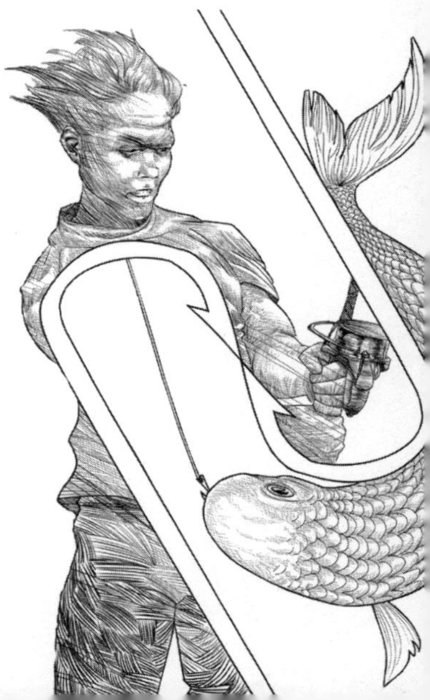

SINETA DA SORTE

Lancei o anzol na água e peguei um livro. O japonês ao lado ficou olhando, até que falou:

— Ih, fica lendo, vai perder peixe.

Mostrei que coloco sineta na ponta da vara, ela tilinta com a menor beliscada de peixe. Que isso, ele perguntou. Sineta, falei. O quê? Si-ne-ta, quase gritei, ele falou ah, si-ne-ta. E voltou a se concentrar nas suas duas grandes boias coloridas lançadas lá no meio da lagoa.

Voltei ao livro mas, de repente, ele começou a puxar linha, enquanto minha vara passou a tilintar sem parar. Ele puxava sua linha, minha vara tilintava. Nossas linhas enroscaram, falei, mas ele continuou puxando firme. Quando o peixe aflorou, sentou desanimado falando sozinho:

— Vim pra pegar pacu, só dá piau!

Continuou sentado, enquanto desenrosquei as linhas, tirei o piau e botei no seu samburá. Só depois que voltei ao livro ele voltou a lançar linha.

Anotei alguma coisa num papel, ele estranhou: — Além de ler, escreve, né? Sou escritor, falei. Ele perguntou o que, repeti alto, ele curvou-se mais para ouvir melhor, quase gritei, ele então deixou a vara e veio se explicar:

— É que eu deixa em casa o aparelho de surdez quando vem pescar. Só precisa olho, né. Nem sabia que existia si-ne-ta.

Minha sineta tilintou, tirei da água um belo pacu, ele balançou a cabeça resmungando:

— Eu joga linha lá longe, só pega piau. Ele joga aqui pertinho, pega pacu...

Depois mais um piau veio na linha dele, e mais um pacu na minha. Ele ficou coçando a cabeça, até que se virou para mim com expressão iluminada:

— É si-ne-ta que dá sorte, hem? Próxima vez, eu traz si-ne-ta!

Voltei ao livro, até que ele agachou a meu lado para contar:

— Eu já ouve muita coisa que não quer ouvir. Mulher, filho, nora, genro, neto, todo mundo falando, falando. Faz isso, faz aquilo. Pensa isso, pensa aquilo. Olha isso, olha aquilo. E eu tem de ouvir tudo, e depois dizer que concorda, senão dá discussão, e eu detesta discussão. Eu nem gosta de falar muito, que nem agora. Deve ser porque senhor pescou dois pacu seguidinho.

Voltou ligeiro para sua vara que arcava, puxou mais um piau. Coçou a cabeça, falou que estava resolvido:

— Próxima vez, si-ne-ta!

Então minha sineta tilintou, puxei um piau, mas grande, de três palmos, o japonês arregalou os olhos:

— Si-ne-ta, quando não pega pacu, pega piau grande! Tá resolvido! Próxima vez...

Recolheu as varas, foi embora arrastando o samburá com seus pequenos piaus e sua grande frustração.

Corri atrás, dei-lhe minha sineta, ele recusou: como eu ia fazer sem si-ne-ta? Falei que fazia questão, botei a sineta no seu bolso da camisa, ele curvou-se em gratidão três vezes, com a mão sobre a sineta (ou sobre o coração), e se foi, com passo tão ligeiro que parecia com pressa de voltar para a próxima pescaria.

Na semana seguinte, no mesmo dia, voltei ao pesqueiro, lá estava ele, feliz. Mostrou três pacus no samburá e a sineta na vara. Mas reparei que ele continuava sem o aparelho de surdez, ele riu:

— Ah, eu não usa si-ne-ta pra ouvir, só pra dar sorte!

A ÚLTIMA

Fui pescar com meu amigo Cido na sexta-feira, na quarta ele morreu. Estava magro, envelhecido e careca devido à quimioterapia, andou até a lagoa carregando um visível cansaço. Mas levei para ele uma confortável cadeira de praia, e os peixes combinaram nos deixar em paz, então ficamos horas apenas conversando.

Rimos lembrando velhos tempos e, quando choveu, falei para ele ficar num bangalô até a chuva passar. Eu sei, ele falou:

— Tudo que não preciso agora é uma pneumonia. Não por mim, mas por você, porque minha mãe ia te culpar...

— Mas por que você diz “não por mim”? Não está acreditando no tratamento?

Ele puxou uma tragada (pois não deixou de fumar apesar da doença no pulmão) e falou sorrindo:

— Meu amigo, com a doença tão adiantada, desconfio que o tratamento castiga mais do que funciona...

A chuva passou, e ele olhou as varas imóveis:

— E nossas varas pegaram só chuva...

Então um piau mordeu, depois uma tilápia, enquanto o sol voltava no céu. Ele disse que a vida é assim:

— Céu fecha, céu abre, mas todo tempo é bom se a cabeça está aberta.

Ficou olhando a lagoa e desceram duas lágrimas. Quando perguntei se estava bem, se queria ir embora, falou que não:

— Não estou chorando de dor, dor não me incomoda mais. Acho que nada me incomoda mais. É só um chorinho bom, de lembrar de meus amigos. Semana que vem vamos nos reunir para pescar na chácara do Binho.

Meu amigo era daqueles que não gostam de incomodar ninguém, nem mesmo com duas lágrimas. Enxugou os olhos, sorriu, voltou a pescar. Aí pegamos meia dúzia de peixes, que ele não quis dividir.

— Já tem peixe demais lá na geladeira de casa, leva pra você.

Desconfio que ele mentiu, não queria levar peixes porque sabia que não comeria, que aquela era sua última pescaria.

No entanto, voltou feliz para casa, despediu-se com olhar sereno e doce, disse que ia descansar. Quando Zé Bola ligou para dizer que ele tinha descansado de vez, abri o congelador e fiquei tempo chorando e olhando os peixes.

Depois, quando no cemitério o coveiro terminou seu serviço, continuamos ali, vários amigos lembrando histórias dele, e rimos de chorar. Alguém lembrou que ele gostava muito de pescar, nunca tanto quanto depois que ficou doente.

— Parece que ele sacou que, como teria pouco tempo, devia aproveitar.

Aproveitamos para combinar de nos reunirmos todo mês, os amigos da roda que vai ficando menor...

— Não podemos mais nos encontrar só quando um se vai.

Voltamos a rir de velhos casos do Cido, rimos de chorar, até que passou alguém sério, levando flores para algum túmulo. Ficamos sérios, depois voltamos a rir de nossa fingida seriedade, e um falou por todos:

— O Cido ia gostar de um enterro bem alegre...

Até morrendo ele nos fez bem, reunindo os amigos com uma tarrafada só, e foi pescar no infinito mar.

COMPANHEIROS

Quando voltei a pescar, depois das pescarias à beira-mar na juventude, já estava chegando à chamada melhor idade e achei melhor conciliar a nova paixão com os três cc: conveniência, calma e comodidade.

Descartei logo as pescarias em excursões, como as que amigos me contam, lá pelos rios de Mato Grosso ou lá onde o Rio Paraná cresce ainda mais e ganha o nome de Mar do Prata. São viagens convenientes, se você pensar que é só pagar e terá transporte, camarote, comida, bebidas, lancha para pescar com pirangueiro que até lhe botará a isca no anzol, mas... e a calma? Tudo é programado para "aproveitar" loucamente o tempo, com pescarias diárias, refeições prontas e bebedeiras sem conta. Você pode pescar peixes enormes, de dezenas de quilos, que deverão ser comidos lá, com muito desperdício, ou custosamente trazidos, aqueles liberados pelas normas ambientais. E tome barulho, música alta, vozerio, baldes de bazófias e pencas de piadas, gargalhadas estrondosas, truco noite adentro, ressacas monumentais.

Pergunto a amigo freguês dessas excursões qual o maior peixe que já pescou, e ele diz desanimado que foi um jaú de oitenta quilos.

— É bonito como troféu, dá uma bela foto, mas... é carne muito gorda para comer. A gente luta com o bicho, depois acaba ficando com dó de ter tirado da água um bichão daqueles que acaba rejeitado ao lado de peixes menores e muito mais gostosos.

Lembro do jaú de cento e cinquenta quilos que vi na internet, ao lado do pescador, um sujeito com cara de besta, olhos esgazeados de bebedeira, lata de cerveja numa mão, a outra repousando como "mão do dono" no dorso do peixão pendurado. Então lembro de outro amigo, pescador de tucunarés em represa:

— Tucunaré é peixe brigador, um de três palmos briga que só vendo, enterra a cara na lama para vir arrastando, rabeando feito doido, é uma luta! E depois, na assadeira, é peixe sequinho e gostoso, além de tão bonito, com aquela pinta no rabo que parece uma medalha!

Outro amigo ainda, médico que tira uma tarde por semana para "desestressar e não precisar de psiquiatra", diz que gosta mesmo é de pescar tilápia:

— Você não tem de esperar nada, tilápia de pesqueiro é faminta e disputante, são muitas, então cada uma quer comer logo a isca para não deixar para as outras, e a gente pesca uma depois da outra, se não for pesqueiro burro. Tem pesqueiro burro, que demora para repor as tilápias nas lagoas, como se o lucro do pesqueiro fosse vender cerveja e refri em vez de vender peixe...

É também pela conveniência de serem na periferia da cidade, sem ser preciso viajar, que prefiro pescar em pesqueiros ou pesque-pagues. Além disso, como vou só em dias da semana, e não nos finais de semana, encontro sempre calma, a tranquilidade que a cidade não tem mais mesmo nas ruas mais distantes, com carros com som alto, motos com caixas de som despejando propaganda em alto volume, carros vendendo, também com som, de churros a ovos e de pamonhas a melancias.

E há ainda o conforto de poder sentar numa cadeira desmontável e confortável, que, se o pesqueiro não tem, eu levo, como levo isopor com gelo para as cervejas. Aí pratico o que chamo de pesca pensativa: armo as varas de espera nos seus porta-varas, sento e leio a revista semanal, depois um trecho de livro, faço anotações. De vez em quando, troco as iscas, aprecio a paisagem ou as nuvens, ou sou alertado pela campainha da vara e tiro da água um pacu, um matrinxã, um piau.

No fim do dia, deixo ainda as varas lá na espera e, com um caniço de taquara, vou para a pesca meditativa na lagoa de tilápias ao lado. Aí fico de olho na boia, de modo que a cabeça esvazia de pensamentos e, quando começa a anoitecer e o funcionário do pesqueiro começa a jogar ração na água, que fervilha de peixes debochando dos pescadores, pego a tralha com a alma renovada, mesmo que tenha pescado pouco ou até mesmo nada.

No fundo, pescamos por diversidade, é, diversidade. Sentimos essa atração pelos peixes, e essa paixão por tirar peixes da água, porque somos tão diferentes. Eles vivem na água e não têm pernas ou braços, nada agarram, nada pisam. Nós vivemos na terra e necessitamos vitalmente do ar, onde eles morrem asfixiados como nós na água. Então, quando tiramos um peixe da água, parece que vencemos estas nossas fraquezas, trazendo-os para mostrar as suas, depois de viverem tão escondidos de nós.

Mas desconfio que também pescamos por causa de afinidades. Somos vorazes, como eles, que comem nossas iscas mesmo com o anzol ali aparecendo. Depois nós os comemos. E, como eles, temos olhos que a ambição ou o ódio cegam, como a gula cega seus olhos para os anzóis. Mais ainda, temos vida, a mesma vida animal que começou no mar há bilhões de anos, e evoluiu para a terra, de modo que, como diria hoje Jesus ecologicamente, somos todos irmãos.

Me dei conta disso quando, ao apertar uma tilápia para tirar o anzol, jorrou dela um fio fininho, que fiquei olhando, e que foi diminuindo seu arco, até cessar.

Então falei baixinho a esse companheiro de planeta:

— Já peguei tantos peixes, e nem sabia que peixe urina...

Talvez seja por isso que gostamos de pescar: para esperar o imprevisto no habitual, a surpresa de repente, a graça de estar vivo e agradecer, comendo cada peixe pescado, com gosto e respeito.

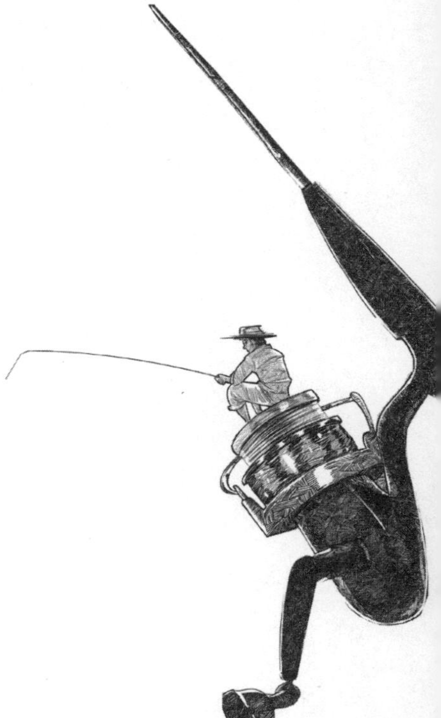

O GRANDE DOURADO

No conto *O Grande e Generoso Rio*, Hemingway conta que o jovem Nick Adams desce do trem e vai pescar no grande rio, usando como isca besouros retirados de um toco podre que ele revira, colocando os besouros numa garrafa arrolhada. Com essas iscas vivas, pega logo duas grandes trutas e para de pescar para se dedicar às delícias de montar barraca, fazer fogo, cozinhar. À noite, na barraca escura, um mosquito começa a zumbir, o jovem Nick (na verdade o próprio Hemingway na juventude) acende um fósforo, o mosquito pousa na cobertura da barraca e é queimado pelo fósforo antes de se apagar. Simples e inesquecível assim.

Como terá sido inesquecível pegar um grande peixe antes mesmo de preparar as varas. Mas era possível nos rios de outrora, que eram outros rios, antes das poluições do desmatamento, da agricultura química, dos esgotos urbanos e despejos industriais. Eram rios que, além de não sofrer esses castigos, tinham ao longo de toda sua extensão matas debruçadas nas margens, lançando na água sementes, frutas e flores, alimentando os pequenos peixes que alimentavam os grandes, e nos barrancos sombreados as fêmeas encontravam locais para desovar, sempre multiplicando a vida.

Vô João era "queimador de campo", como eram chamados os mentirosos, contadores de histórias aumentadas até o limite do fantástico. Mas, quando ele lembrava com saudade da piscosidade dos rios, a gente sabia que vô João não mentia, e a prova disso são os anzóis que me deixou, enormes anzóis de ferro, de mais de palmo de comprimento, feitos na londrinense pioneira Metalúrgica Minatti, que fazia machados, enxadas, foices, arados e, também, os anzóis que hoje parecem inacreditáveis.

Quando eu era menino na Londrina Capital do Café, meus avós João e Sebastiana moravam numa casa de madeira sobre esteios de tocos, assim debaixo da casa ficava um porão aberto por todos os lados, onde eram colocadas tralhas, lenha, ferramentas e também as grandes varas de pesca do vô. Eram varas compridas de taquara, algumas com várias partes para encaixe, de modo a ser levadas de trem. Ele tomava o trem em Londrina no sábado, ia parar em Jataizinho, uns quinze quilômetros depois, e voltava no domingo, com sacos cheios de peixes já limpos, que minha vó salgava, deixando ao sol um dia inteiro, e depois colocava em latões de banha de vinte litros, onde duravam meses ou até ano. Se eu tivesse de escolher um som inesquecível da infância, seria o chiado da frigideira de ferro quando ela pegava com a escumadeira os pedaços de peixe no latão, e botava na frigideira quente, para fritar na própria gordura em que eram guardados. Se alguém chegava de repente e era preciso um jantar rápido, era só esquentar a frigideira e abrir um latão de peixe.

Eram quase sempre apenas dourados, o chamado tubarão da água doce, com sua escamagem vermelhamarela, sua grande boca, com músculos tão grandes que comer uma cabeça de dourado assada era uma rara delícia. Rara não porque rareassem dourados no Rio Tibagi, mas porque o vô sempre trazia os dourados já sem barrigada e cabeça. Quando pegava algum muito grande, trazia com cabeça para assar na brasa, abrindo com uma grande faca e arrancando com colher os nacos dali onde a carne não é rosada como no corpo do peixe, é quase avermelhada e com sabor mais intenso. Se eu tivesse de escolher uma cena inesquecível com vô João, seria comer cabeça de dourado com limão-rosa e farinha de mandioca torradinha em panela de ferro.

Ele contava que chegou a Londrina em 1941, chamado pelo prefeito Willie Davids, fazendeiro escocês que a escocesa Companhia de Terras Norte do Paraná recrutara para ser gerente da colonização e prefeito da cidadezinha nascente. Deixou a família em Chavantes, onde gerenciava uma companhia de energia elétrica, e veio antes para escolher a data, como em Londrina são chamados os terrenos, para a casa que a companhia entregaria pronta.

Ao cruzar de balsa o Rio Tibagi, pouco antes de Londrina, viu um caboclo pescar um dourado, pescando da balsa, no curto trajeto entre uma margem e outra. Em Londrina, vô João escolheu o terreno e a companhia ergueu rapidinho sua casa, porque a cidadezinha precisava de mestre de turma para estender a rede elétrica pela cidade, que começava a crescer explosivamente com a cafeicultura. Terminada a casa, vô João foi buscar a família e, com a vó e as crianças instaladas na casa cheirando a peroba-rosa novinha, avisou que ia pescar no Tibagi.

Maritacas eram pequenos papagaios verdes, que em bandos assolavam os milharais, gritando e quebrando os pés de milho para arrancar as espigas, dando origem à expressão "mais barulho que bando de maritacas em roça de milho seco". Os colonos abatiam os bandos predadores com chumbaradas de espingardas de cano serrado, para o chumbo espalhar e matar o maior número possível por cartucho. Então ele conseguiu uma dúzia de corações de maritaca, que diziam ser a melhor isca para dourado, e foi para o Tibagi.

Alugou um bote, com uma grande pedra amarrada numa corda para apoitar no meio do rio, e lá preparou a linhada.

Enquanto encaixava as partes da vara, inventou de jogar na água, com anzol e isca na ponta, um cordão comprido de algodão cru, que tinha trazido para enfieirar os peixes que fossem sendo pescados, evitando que pulassem de volta para o rio. A outra ponta do cordão passou pela coxa, dando duas voltas, e dedicou-se às linhadas e montagem das duas varas.

Mas nem teve tempo de armar a primeira vara, o cordão da coxa puxou forte, tão forte que ele não conseguiu desamarrar, e o bote, mesmo apoitado, começou a ser levado pelo peixe. Ele calcula que devia ser um enorme pintado, bicho capaz de arrastar canoa. Tentou puxar o cordão grosso, para evitar que ralasse na beirada da canoa, mas mal conseguia levantar o cordão de tão esticado. E o laço na coxa apertava tanto que tinha de se agarrar na outra beirada, para não ser levado para o rio. Sempre que contava a história, repetia:

— Vi que não estava pescando, estava sendo pescado!

Tentou aguentar quanto pôde, esperando o peixe cansar, e eu, quando li *O*

Velho e o Mar, com o velho marinheiro esperando o grande marlim cansar, lembraria de meu vô esperando cansar um peixe que, ao contrário do velho Santiago, nem chegou a ver. Se fosse dourado, ele dizia, teria pulado fora da água. Podia ser um enorme surubim, que chegavam a dezenas de quilos no Tibagi, mas, pelo jeito firme e constante de puxar, levando a canoa e sua poita a se arrastar pelo fundo do rio, só podia ser pintado, peixe que geralmente só come à noite, a não ser os muito grandes, que perdem todo receio e abocanham peixes inteiros, o coração de maritaca deve ter parecido um repentino petisco e...

Quando o pescador viu que, em vez do peixe cansar, o mais provável é que ele iria mesmo para o rio, cansado de se agarrar no bote, alcançou a faca e cortou o cordão. A coxa doía tanto que resolveu acabar a pescaria, voltou para a margem, pegou carona de caminhão para voltar a Londrina e, em casa, tirou a calça. Sempre que contava essa história e, vendo que alguém podia não acreditar, pensar que era mais uma "história de pescador", ele pedia o testemunho indubitável da esposa, que repetia:

— É verdade. O vergão que ficou na coxa dele chegou a arroxear no dia seguinte. E só mesmo uma coisa assim, de quase arrancar uma perna, pra tirar esse homem duma pescaria...

HERÓI

Meio século depois que, aos nove anos, meu vô João me levou à primeira pescaria, levo meu neto Caetano de quatro anos. Fui de trem, ele vai de cadeirinha, no banco traseiro do carro. Fui a um rio, ele vai a um pesque-pague. Pesquei com o vô num barranco, agora pescamos sentados em banco à beira da lagoa.

Fiz em casa a massa para isca, batendo no liquidificador ração de gato, colorau e farinha de trigo, depois sovando com ovo e missô, fica uma massa vermelha e cheirosa, muito mais atraente para os peixes do que a massa escura do pesqueiro. Logo pego a primeira tilápia, para mostrar a Caetano como se faz.

Boto a tilápia no samburá, boto nova isca no anzol, boto a vara nas mãos dele. Ele olha a boia, enquanto digo que deve puxar a vara só quando ela afundar ou correr. A boia tremelica, ele puxa, nada pega, repito as instruções. Ele olha a boia, ela trisca, tremelica, sacode e afunda, ele ainda olhando fascinado. Grito para puxar a vara, ele puxa, e então me revejo no momento inesquecível, o peixe da vida puxando para lá, o menino puxando para cá, a vara curvando e vibrando como o menino.

Digo para ele cansar a tilápia, mas que, ele puxa até ela bater na beirada, então pego a linha e tiro o bicho da água. Agachamos olhando o peixe espantado na grama, enquanto o menino se espanta do próprio poderio, até levantar gritando:

— Peguei, vô, peguei!

Vou ensinando a botar isca e lançar a vara, coisas que ele faz mais ou menos, como também não atina com a hora certa de fisgar, mas puxar a vara, ah, puxa que só. Quando tiramos o terceiro peixe, uma mulher fala que ele é um grande pescador, e ele me olha orgulhoso. Depois da quarta tilápia, vamos ao bar para ele pegar suco de morango, e pergunto se quer fazer xixi, diz que não, quer pescar.

Voltamos à lagoa, e, mais quatro tilápias depois, pergunto se quer fazer xixi, ele diz que não, quer mais suco de morango. Dou a ficha, ele vai sozinho ao bar, volta homenzinho com o suco. Uma menina vem admirar quando ele puxa mais uma tilápia, e depois vou ver as varas de espera que deixei numa lagoa maior. Quando volto, cadê ele?

Vou gritando seu nome, olhando a beirada das lagoas, a água, meu Deus, a água. Vou ao bar, grito Caetano, ele responde lá do sanitário: tô aqui, vô! Volto à lagoa, e logo ele vem, as calças molhadas de xixi:

— Não deu tempo, vô.

Vamos ao carro trocar sua roupa, a menina olhando de longe, ele se envergonha, diz que não quer mais pescar. Digo que então deve voltar à lagoa, sim, para dar de presente à menina nossa massa tão pescadeira. Ele diz que não, emburrado. Digo que ele deve, porque é assim que fazem os heróis:

— Todo herói tem sua fraqueza. O Super-Homem enfraquece perto duma pedra verde chamada kriptonita. Sansão ficava fraco quando cortava o cabelo. O Homem Aranha às vezes escorrega. Todo herói tem sua fraqueza.

Ele pensa, pega a bola de massa, vai dar à menina. Vamos ver as varas de espera, e lá está um pacu, que ele ajuda a puxar rodando o molinete, todo feliz. Digo que é seu primeiro peixe grande, que está virando um grande pescador, e ele passa a caminhar com passos maiores.

Passando pela lagoa menor, a mãe da menina grita agradecendo, já pescaram três tilápias com nossa massa. A menina vem correndo e lhe dá uma bala, uma simples bala que ele vai levando no carro como se fosse uma medalha. Dorme. Em casa, deixo que continue dormindo no carro enquanto guardo as varas e os peixes. Depois cutuco para acordar, ele olha a bala na mão, vai correndo contar:

— Peguei oito peixes, vó! E ganhei uma bala!

Um herói.

O SERMÃO DA PICANHA

Numa pousada em pé de serra catarinense reúnem-se praticantes de ioga, ayurveda, danças circulares, biodança, magias, crenças esotéricas, vegetarianismo, astrologia, quiromancia, massagens, caminhadas ecológicas, banhos de renascimento, meditação e preces. Minha mulher e eu vamos lá todo final de ano, quando há uma programação intensa, os próprios hóspedes se encarregando de dirigir sessões terapêuticas ou apresentar conhecimentos ou talentos.

Dalva aprecia muito tudo isso, e se joga nessa ciranda de corpo e alma. Nos primeiros anos, eu ficava lendo na maior parte do tempo, ou ia caminhar ou me banhar no riacho de águas limpas e geladas. Mas, quando voltei a me apaixonar por pesca, comecei a passar várias tardes nos pesqueiros da região, além de ir também pescar nas praias próximas. E, um dia, fui a um pesqueiro vizinho, com dois rapazolas também hóspedes da pousada.

Era um pesqueiro que funcionara até um ano antes como viveiro de peixes para venda a pesqueiros, e durante o ano estivera fechado. Assim, tinha peixes grandes, disse o dono. Armamos duas varas de espera e pegamos com muita esperança os caniços para tilápias, colocando os anzóis a mais de metro de fundura das boias. E nada. Muito de vez em quando, um beliscão, e o anzol voltava vazio. Mas, falei, pescaria é três pp: perseverança para trocar isca, paciência para esperar e prontidão para fisgar.

O discurso foi bom mas, na realidade, nada mudou. Continuamos a trocar iscas, esperando com paciência, e só. Até que pintou uma tilápia, depois outra, mas tilápias com pouco mais de palmo apenas. As varas de espera, paradinhas feito sentinelas contratadas apenas para nos espiar.

Tardinha, desembrulhei metade de um queijo que tinha trazido de lanche, com pãezinhos caseiros, e os rapazes comeram. Aí inventei de colocar um pedaço de queijo como isca numa vara de espera, enquanto o dono do pesqueiro já começava a passar jogando ração na água. Bocas de grandes tilápias apareceram abocanhando as pelotinhas de ração boiando, e o dono do pesqueiro falou que eram fáceis de pegar agora, era só colocar o anzol quase na flor d'água, só dois dedos abaixo da boia. Os dois fizeram isso e, logo, passaram a tirar tilápias de quilo.

E então minha vara de espera zuniu, acudi e comecei a lutar com um bicho que não podia ser tilápia, puxando daquele jeito. Tirei um tambaqui de três quilos, enquanto os meninos davam pulos de alegria tirando grandes tilápias. Resolvi colocar queijo também no meu caniço, e peguei, um seguidinho do outro, dois belos bagres. Já anoitecia e o dono do pesqueiro disse que era hora de fechar, levando os samburás para pesar.

Chegamos à pousada com os peixes sem limpar, porque tínhamos passado da hora no pesqueiro. Tomei a sopa da noite e fui para a pia da cozinha limpar os peixes. Como toda noite a louça é lavada por uma turma de hóspedes voluntários, logo estavam lá vários vegetarianos radicais me olhando como se eu estivesse cometendo um crime. Até que um perguntou:

— Você vai fazer o que com *isso*?

— Assar e comer, amanhã, e espero que mais gente também, porque são dezessete quilos de peixe.

Voltando para pegar mais louça suja no salão, eles contavam *aquilo*, e outros apareciam na cozinha para olhar com horror enquanto eu destripava e cortava cabeças. Quando passei a escamar, escamas voando em redor, afastavam-se como se pudessem pegar alguma peste. Limpos os peixes, rodeado pelo silêncio ou pelos sussurros daquela plateia, levei o balde de vísceras para enterrar no quintal, e voltei com o balde lavado e cheio de alecrim, manjericão e orégano, encontrando a cozinha com uma dúzia de inquisidores, que foram se revezando na inquisição.

— Você não tem dó de matar os pobres peixes?

Falei que não, como eles não tinham dó de comer peixes menores, larvas, insetos, ovas de outros peixes.

— Aliás — lembrei —, pacu é peixe meio vegetariano, porque adora acerola, mas também come massa, queijo, toicinho, peixe, não é radical.

— Eles morrem de asfixia, sabia?

Claro, concordei, mas aproveitei para esclarecer umas dúvidas:

— E alface, morre de quê? Que será que a alface sente quando é arrancada da terra, será que gosta? Sei que vocês acreditam que as plantas sentem e até pensam, né, como também acredito, então também devem sentir quando são ceifadas, não? Vocês não têm dó de matar alfaces e outras verduras e legumes para comer? E as pobres frutas então, não seria melhor que ficassem nos galhos até caírem de maduras para apodrecer ou ser comidas pelas larvas na terra? Seria mais natural, não seria? Mas, enquanto isso, a gente iria viver do que, né?

Me olhavam com desdém uns, com rancor outros, com autoespanto um ou outro (autoespanto é quando a gente se espanta com a gente mesmo por nunca ter pensado em coisas óbvias). E, enquanto eu salgava os peixes, os rancorosos continuaram a inquisição:

— Gado vive confinado em pastos ou em estábulos. Frangos vivem só quatro semanas, confinados nas granjas, comendo ração. Porcos também vivem confinados. E peixes de pesque-pagues vivem confinados em lagoas, comendo ração. Você acha bom?

Bem, falei que realmente gostaria que os rios fossem piscosos como no tempo de meu vô, mas não gostaria de chiqueiros nas margens dos rios e riachos, como naquele tempo, emporcalhando as águas, e...

— Você — alguém me interrompeu — não se sente embrutecido comendo carne vermelha?

Falei que tenho comido cada vez menos carne vermelha, mas que, na juventude, comia um churrasco com muito gosto, como também gastava muito mais energia, e...

— ...essa pergunta você deve fazer ao peão que bate enxada o dia inteiro, ou ao pedreiro que ergue paredes, o operário de fábrica, o puxador de riquixá, e desconfio que eles vão te dizer que sentem falta de carne vermelha, como todo trabalhador braçal. Monges podem viver só de arroz e algas porque só puxam rezas e não riquixás, nem carregam peso nem batem marreta nem...

— Que nojo — alguém falou quando abri a barriga do tambaqui, para enfiar as ervas, aí resolvi que era demais e fiz o Sermão da Picanha para os doze apóstolos ali, enquanto continuava a temperar os peixes:

— Em verdade vos digo que nada me dá nojo neste mundo de Deus, se tudo foi criado por Deus. Não me sinto porco por comer porco, nem bruto por comer carne vermelha, nem me sinto mais bípede por comer frango. Procuro seguir a dieta de Jesus: mal é o que sai da boca da gente, como a mentira, a calúnia, a intriga, o sarcasmo ou o vômito. Se a variedade é a maior riqueza humana, por que nossa comida não deve ser variada? Quando eu era jovem, adorava picanha, hoje gosto de comer peixe, com arroz integral, ervilhas, saladas, frutas. Não desgosto de comer coisa alguma, e tolero que cada um coma como quiser, até porque comer desgostosamente é caminho para doenças de corpo e de alma, né, pois é tão gostoso comer! Eu não como só para viver, eu como por gostar também, e peixe é tão gostoso! Vocês acham mesmo que Deus botou peixes no mundo só para povoar os rios? Mas os peixes comem também as frutas que caem das árvores nas beiradas dos rios, por que eu não posso comer frutas e peixes também? Por que deveria me achar melhor ou pior que outros por não comer o que eles comem? Fui macrobiótico sete anos, sem comer tomate, melancia, rabanete e beterraba, porque um tal Mestre Oshawa inventou que os legumes vermelhos são muito *yin*!... Mas tive a graça de ter um amigo também descendente de italianos, que me falou que era um crime um italiano não comer tomate, um legume vermelho como o sol, o sangue e a paixão, e voltei a comer tomates, e rabanetes, e legumes e frutas de todas as cores neste planeta de tantas cores. Por falar em cores, coisa que lembra raças, né, os brancos, os negros, os amarelos... Hitler foi vegetariano e abstêmio, sabiam? E Jesus foi traído pelo único dos apóstolos que não era trabalhador braçal, Judas era fiscal, como vocês me fiscalizando agora...

Os doze apóstolos se entreolharam e foram saindo da cozinha. Fiquei com os dois rapazolas, com seus olhos vivos e vozes curiosas:

— Como vão caber tantas assadeiras no forno?

— Você não esqueceu do azeite?

Reguei as assadeiras, meia dúzia das maiores da pousada, e falei que o azeite iria por último, na hora de assar no forno de barro, onde caberiam todas as assadeiras. Agora, iriam para as geladeiras. Eles ajudaram a arrumar espaço nas geladeiras, e depois fomos dormir, cansados.

No dia seguinte, depois do café, tiramos as assadeiras das geladeiras, deixamos na pia e fomos para o forno de barro. Cortamos lenha, acendemos as duas fogueiras, uma de cada lado do forno, e deixamos queimar. Quando o calor já nos fazia suar a dois metros do forno, puxamos as cinzas com a vassoura de guanxuma, e colocamos carvões nos dois braseiros. Com a pá de madeira, colocamos as assadeiras lá dentro, tapamos a boca do forno com a tampa de lata e fomos tomar banho no rio, suados.

Quando voltamos, uma dúzia de curiosos rodeava o forno. Abri a tampa, dei uma olhada, tornei a fechar e fomos nos vestir. Voltamos, e o sol estava bem a pino. É hora de almoço, falei, vamos ver quanto vegetarianos resistem a peixes temperados com ervas e assados em forno de barro.

Levamos as assadeiras para a grande mesa do refeitório, entremeadas com as vasilhas de saladas, arroz e feijão, cozidos e farofa de soja, e começou a comilança. Era o último dia da temporada, e muitos só se veriam no ano seguinte, então o clima era de comemoração, e uma comilança ia bem. Comeram, pois, comilonamente.

Lá pelas tantas garfadas, um dos rapazes me cutucou: eu olhasse lá, até alguns dos doze vegetarianos radicais estavam pegando peixe. Ouviam-se rabos torradinhos sendo triturantemente mastigados. Cabeças eram roídas, enquanto nós três trocávamos sorrisos. Depois rimos, retirando as assadeiras e vendo que tinham sobrado só espinhaços.

Voltando à pousada, anos depois, encontro os dois rapazes, agora moços, que sempre lembram da nossa pescaria, como não esquecem e recordam, rindo, do meu sermão aos apóstolos, que eles rebatizaram:

— Foi o Sermão da Picanha com Tomate e do Peixe com Alface.

Eu diria que, mais e melhor que o sermão, foi o almoço da diversidade.

O GIGANTE DO RIO PARANÁ

No velório de meu avô, olho as sardas escuras de velhice em suas mãos sobre o peito, e lembro delas segurando a vara de pescar, quietas, imóveis, naquele tempo ainda sem sardas, como a cara não tinha essas rugas fundas e os cabelos ainda eram apenas grisalhos, não brancos como agora. O rosto também ficava assim imóvel, embora de olhos abertos, olhando a ponta da vara, sem nem ao menos estapear algum mosquito, para não espantar os peixes. Eu estapeava, ele dizia:

— Você veio pescar ou brigar com mosquito?

E então sou eu quem fecho os olhos, para rever seu sorriso, enquanto me sacode ao lado da cama, dizendo vamos, guri, vamos que o sol já vai levantar. Levanto sentindo o cheiro de café coando, lavo a cara e molho os cabelos sentindo o cheiro de ovo frito, me enfio nas roupas que a mãe deixou na cadeira, vou para a cozinha e ela está fazendo quatro sanduíches de ovo, os pães enfileirados na mesa. Pra que tanto, ele pergunta, ela diz que conhece o filho e o pai que tem, ele ri com seu jeito de rir sem abrir a boca.

Comemos pão com manteiga e café com leite, depois ela embrulha cada sanduíche em papel de pão, enfia na sacola dele cheia de tralhas de pesca, linhas enroladas em sabugos de milho, anzóis espetados em rolhas, chumbadas de todo tamanho. Já pescamos lambaris, mandis e bagres, com anzóis e chumbadas menores, pergunto para que tão grandes agora. Porque agora vamos pescar no Paranazão, ele diz, e a mãe enfia noutra sacola um salame, quatro pamonhas, dois cantis, ovos cozidos, pés de moleque e um queijo, tudo embrulhado em panos branquinhos, e ele diz nossa, é comida pra batalhão, não vamos pra guerra!

Mas vão passar dois dias, ela fala botando a sacola nas minhas mãos, enquanto ele pega a outra sacola e, na rua,
 ela diz devolve meu filho inteiro, hem pai,

e ele, já da janela do jipe, ri seu riso para dentro antes de responder:

— Inteiro e maior.

Não existe coisa mais linda que o dia amanhecendo, ele falou apontando o céu todo colorido, e eu dormi. Acordei com o sol já meio alto, quando o asfalto acabou e começou a trepidação de estrada de terra. Acabou a moleza, ele falou, e isso me lembrou de fazer o que a mãe me mandava fazer antes de ir para a escola. Ele falou que só ia ter cidade dali a meia hora, eu falei que não sabia se ia aguentar, ele perguntou se a mãe tinha botado papel higiênico na sacola. Procurei, fucei, não tinha. Ele falou que então eu ia aprender o que ele tinha aprendido com o pai tropeiro dele, o bisavô que eu só via em fotografia.

Parou depois duma pontezinha de madeira e apontou o riacho, dizendo para eu ir fazer lá e lá mesmo me lavar. Falei que não, ele falou bom, então faz nas calças. Fui, abaixei as calças na beira do riacho, fiz, aí ele falou que eu devia ter tirado as calças para poder me lavar. Teimei em me lavar com as calças nas canelas, acabei caindo no riacho, enquanto ele ria agora de boca aberta, o que me deu ainda mais raiva. Voltei para o carro com a roupa molhada e ele falou que bom, enquanto seca você vai pensando como fazer direito da próxima vez. Pegou a pá, foi lá enterrar o que eu tinha deixado na beira do riacho, voltou e falou vamos, vamos que os peixes estão esperando.

Fiquei sem abrir a boca enquanto passamos pela tal cidade, e depois, passando por um povoado empoeirado, ele perguntou se eu queria comer pastel com garapa, não respondi. Ele parou numa casa de madeira com a porta aberta, prateleiras com garrafas, linguiças e marmitas e baldes e ferramentas penduradas nas vigas do telhado, e atrás de um balcão um homem que apertou a mão dele com as duas mãos. Ele pediu quatro pastéis e duas garapas grandes, eu falei que não queria, ele fez que nem ouviu, enquanto o homem foi para os fundos e nós ficamos ali, vendo tanta coisa pendurada. Ele apontou uma fotografia espetada num prego:

— Teu bisavô, com o pai do nosso amigo aí. Teu bisavô era mascate, o outro era cozinheiro, com um peão levavam várias mulas cheias de mercadorias para os garimpos e as fazendas. Um dia, teu bisavô caiu do cavalo, quebrou a perna, o cozinheiro levou pro médico na cidade e, quando voltaram, o peão tinha fugido com as mulas. Eles ficaram sem nem o que comer. Aí, enquanto teu bisavô ficava na rede com a perna entalada, durante um mês o cozinheiro caçou, pescou, assou, cozinhou, cuidou até teu bisavô tirar a tala e voltar a andar direito. Como enquanto isso o cozinheiro tinha feito um rancho aqui, resolveu ficar, abrindo uma vendinha pros viajantes, e nasceu este povoado.

O homem voltou com os pastéis, douradinhos, e uma canecona feita de lata de óleo, cheia de garapa fresquinha porque as canas falou que ficavam na água fria do açude. Tomei um gole, acabei tomando três copos, e, depois de dar uma mordidinha num pastel, só para provar, acabei comendo dois, enquanto o vô continuava a contar:

— Só dois anos depois teu bisavô conseguiu juntar dinheiro pra voltar a mascatear. Passou aqui, o cozinheiro tocava a vendinha no rancho de bambu e palmito, então teu bisavô foi pra mata, com machado e serra, cortou árvores, chamou caminhão pra levar pra cidade e cortar em serraria, são essas tábuas e vigas aí. Os dois ergueram esta casa faz mais de meio século, guri...

O homem emendou:

— ...e ela continua firme que nem mourão de aroeira!

O vô perguntou quanto devia, o homem falou que isso, o senhor sabe que aqui nunca vai pagar nada. O vô pegou no jipe o queijo e o salame, cortou em metades sobre o balcão, depois levou só meio queijo e meio salame de volta para o jipe. Quando partimos, o homem apertou também a minha mão com as duas mãos, e no jipe perguntei por que ele apertava forte assim, o vô falou que era porque eu era bisneto de meu bisavô.

— E porque ele sabe agradecer. Gostou dos pastéis?

Não respondi, e ele falou baixinho é, talvez você não seja tão bisneto do teu bisavô.

Quando chegamos ao rio, ele perguntou se eu queria levar as sacolas ou as varas, e nem me esperou responder, pegou as sacolas muito mais pesadas, onde ele levava de tudo. Falei que podia levar uma, ele falou não:

— É um prazer carregar certos pesos.

Mais pesada ainda era uma caixona de metal, revestida de isopor e cheia de gelo, com alças como mochila, que ele botou nas costas. Pegou também o puçá e a pá e fomos pela trilha através da capoeira, o riozão lá na frente se estendendo tão largo que a margem do outro lado era uma fita fina de mata. As varas, que pareciam tão leves, foram pesando tanto que, quando chegamos ao barranco, soltei no chão e ele falou para tomar cuidado:

— Coisa maltratada se vinga.

Botou boné e me deu outro que a mãe tinha enfiado na sacola, falei que não precisava. Ele emendou as partes das varas, enrolou linha nos molinetes, colocou os anzóis e chumbadas, enquanto minha cabeça esquentava agachado ao sol. Depois ele bateu com martelo um pedaço de cano no barranco, abrindo um buraco para eu enfiar o cabo da vara. Falei que ia segurar a vara na mão, ele falou que então era preciso ficar bem quieto, ou os peixes iam perceber a linha se mexendo e não iam morder a isca. Cavou minhocas com a pá, botou numa lata, de um saco plástico tirou tripas de galinha, fedidas que só, dizendo que peixe gosta de coisa fedida. Botou uma minhoca e um pedaço de tripa nos dois anzóis de cada vara, e jogou a linhada dele ali mesmo no remanso diante do barranco. Eu, aproveitando a chumbada grande, joguei a minha longe na correnteza, ele falou que não precisava, fiz que não ouvi.

Ficamos ali, eu com a cabeça esquentando, me ajeitando de um jeito no barranco, depois me ajeitando de outro jeito, ele quieto com a vara imóvel. De repente, puxou a vara, a vara curvou, ele gritou ei, é bicho grandinho! Lutou um bom tempo com o peixe, que levou a linha para a correnteza, depois para o capinzal da beirada, mas ele mantinha a linha sempre esticada, e o peixe veio, veio, até aparecer na flor da água no remanso, aí ele falou que era um pacu. Me mandou pegar o puçá para puxar o peixe quando chegou na beira do barranco, e quase caí no rio puxando o bicho de quatro palmos meus, três palmos dele. Tiramos do puçá para ver o bicho na terra, bonito que só vendo, depois o vô botou de volta no puçá, espetou o cabo do puçá no barranco para o peixe ficar vivo na água.

Então minha vara, que deixei largada no chão, levou um puxão tão forte que quase foi para a água, peguei e comecei a puxar um peixe maior, disse ele, porque brigava mais. Meu coração disparava, e eu rodava o molinete esticando a linha, o peixe puxava, a fricção do molinete rangia, o bicho levando linha, mas eu voltava a rodar o molinete, a linha esticava, e assim foi, a fricção rangendo, linha soltando, esticando, soltando, esticando, até que perdi a paciência e dei um puxão forte, a linha afrouxou. Partiu a linha, ele falou, puxou forte demais, então agora faça outra linhada.

Fiz que não ouvi, mas logo ele tirou da água mais um peixe, então fiz uma nova linhada, aquela complicação de amarrar anzóis e chumbada, aí botei as iscas, com nojo da minhoca e mais nojo da tripa, joguei no remanso, enfiei o cabo da vara no buraco e lavei as mãos. Fiquei como ele, atento na ponta da vara, que triscou, triscou, puxou, peguei bem a tempo, porque curvou tanto que quase ia saindo do buraco. Esse é grande, ele falou, puxa com calma — mas eu, que estava agachado e levantei de repente, tonteei, bambeei, ele pegou minha vara, enquanto eu voltava a agachar no barranco rodando, o mundo rodando.

É o sol, ele falou, abaixe a cabeça botando o queixo no peito. Obedeci, o barranco deixou de rodar. Sentei no chão, estendi a mão para pegar minha vara que curvava como que, mas ele apontou o boné, peguei, botei na cabeça, aí ele me deu a vara. Um bom tempo depois, dando linha e puxando com calma, consegui trazer para a beirada do barranco um piauçu, cansado, a abrir e a fechar a boca acima da água. Ele pegou com outro puçá, falou que era maior que o dele, e eu fiz questão de tirar o anzol do bicho com o alicate. Espera ele cansar mais, ele falou, mas eu tirei logo o anzol e, quando tentei pegar o bicho mais liso que sabão, deu uma lambada e rolou barranco abaixo, caiu na água e sumiu.

Fiquei sentado no chão olhando a água, ele falou que perder peixe também é bom se serve pra aprender.

— E bota isca que tem outros no rio.

Mas dali por diante só pegamos bagres, mandis, corvinas, os peixes pequenos que eu conhecia de rios pequenos. Com o sol alto, ele falou recolhe a vara, vamos pra sombra. Fomos para baixo de uma árvore na beira da trilha, comemos os sanduíches e até lambi o papel de pão engordurado de ovo, ele riu, depois comi dois ovos cozidos, queijo, salame, uma pamonha e uns pés de moleque, ele falou que a mãe conhecia mesmo o filho que tinha.

— Comendo desse jeito, vai crescer mais que bambu.

Bebi do cantil, deitei no capim olhando as nuvens e, quando acordei, ele estava no barranco puxando mais um piauçu, maior que o meu. Botei o boné, peguei minha vara e fui pescar, mas não peguei mais nada até ele dizer que o sol já estava esticando as sombras, era hora de montar a barraca.

Fomos para o jipe, ele pegou a barraca e, de volta ao barranco, montou batendo as estacas enquanto eu catava galhos secos e gravetos para o fogo. Depois ele pegou uma toalha e disse para eu cavar um buraco de três palmos por três e um de fundo. Perguntei para que, ele não falou, não cavei. Ele foi pegar o puçá com os peixes, voltou quieto, pegou na sacola uma tábua pra cortar carne, abriu e limpou os peixes grandes, colocando no puçá, as barrigadas no caldeirão. Depois foi para o rio, voltou com o caldeirão vazio e lavado, os peixes sem cabeça e lavados, botou na caixa com gelo. Pegou um serrotinho e cortou os galhos em pedaços, depois sentou encostado no tronco da árvore olhando o sol bicar a mata lá do outro lado do rio. Os peixes menores tinham ficado na tábua, perguntei por que, ele falou sem me olhar:

— Pra gente comer, ué. Só falta o buraco da fogueira.

Já escurecia quando acabei o buraco para a fogueira, ele botou dentro os gravetos e os galhos por cima, acendeu o fogo e eu falei que não via por que fazer a fogueira num buraco. Ele não falou nada, pegou na sacola uma grelha de ferro com quatro pés e botou sobre a fogueira baixa porque estava no buraco. Perguntei como cabia tanta coisa na sacola, ele mostrou que a panela encaixava no caldeirão, a frigideira encaixava na panela, a tábua encaixava na grelha.

— Tudo se encaixa se a gente usa a cabeça.

Quando o fogo virou brasa, deitou os peixes na grelha tão quente que chiaram. Temperou salgando e espremendo limão, botou na grelha também batatas-doces e mandiocas com casca, depois ficou sentado numa pedra olhando o braseiro, enquanto também esquentava uma chaleira com água.

Quando tirou a grelha do braseiro, pensei que a gente ia comer no escuro, mas aí levantou uma lua cheia tão gorda que clareou de se ver cada folha, cada capim, prateando o rio e o mato. Que sorte, falei. Ele falou que não era sorte, só pescava em lua cheia.

Comemos arrancando pedaços dos peixes com as mãos, descascando as batatas com os dedos, bebendo chá de erva cidreira. Perguntei de açúcar para o chá, ele falou que a vida já é doce. Fui pegar mandioca, ele falou que não, era para comer só as batatas, eu quis perguntar por que mas sabia que ele estava esperando eu perguntar, então não perguntei. As mãos ficaram lambuzadas de peixe, mas limpamos com a toalha que ele tinha trazido úmida do rio. Falou para eu escovar os dentes, enxaguando com chá, e depois fiquei deitado noutra toalha, vendo a lua, o braseiro, a lua...

...e acordei na barraca com o dia amanhecendo.

Botei a cabeça para fora, perguntei onde estavam meus tênis, ele disse que tinham ido tomar sol ali no capim, e as calças também. Calcei os tênis, vesti as calças, senti o cheiro de café e logo estava tomando leite com café e comendo com melado as mandiocas assadas, em pratos de alumínio que depois ele lavou no rio, onde mergulhou a grelha amarrada com cordão, para ficar fácil de lavar depois, falou, e eu perguntei onde ele tinha aprendido tanta coisa. Não pergunte onde, ele falou, pergunte como.

— Como?

— Prestando atenção.

Falou que agora o remanso estava cevado com as tripas dos peixes que tinha jogado ali. Apontou um toco podre, empurrou com o pé, o toco rolou, besouros se espalharam correndo do sol, ele pegou um. Pegue o seu logo, falou, enfiando o besouro no anzol. Não peguei, botei minhoca. Quando ele pegou o maior bagre que eu já tinha visto, fui rolar outro toco, catei um besouro e botei no anzol, peguei um bagre maior. Até o sol a pino, pegamos mais peixes do que caberiam na caixa com gelo, ele falou que chegava. Fomos para a sombra, ele avivou o fogo ainda com brasas, limpou os peixes enquanto água esquentava no caldeirão. Levou os peixes para a caixa com gelo, voltou com as cabeças dos peixes da janta, colocou na água fervente do caldeirão.

Comemos o resto do queijo e do salame, daí perguntei se o almoço ia ser pamonha, ele falou que as pamonhas eram sobremesa. Esmagou com colher de pau as cabeças de peixe cozidas no caldeirão, coou o caldo com peneira numa panela, salgou, despejou farinha, misturou e me deu outra colher de pau, dizendo que o almoço era pirão comido na panela. Falei que não ia comer aquilo, ele falou que não precisava comer, só provar. Peguei um pouquinho na ponta da colher, provei e comi metade da panela.

Depois comemos pamonha e pés de moleque, tomando um chá preto que achei muito ruim no começo, no fim das contas tomei três canecas e mal conseguia levantar, ele falou que é assim mesmo:

— Tudo que é bom, demais fica ruim.

Lavou a grelha e os pratos enquanto eu cochilava, depois falou vamos que vai chover. Uma grande nuvem escura ia tomando o céu e, quando entramos no jipe, começou a chuviscar, depois choveu tão forte que mal se enxergava a estrada, o jipe ia devagar. Vamos chegar bem tarde, ele falou. Eu cochilava, com a cabeça no travesseiro encostado na porta, acordava, a chuva raleava, até que quando chegamos à venda do filho do amigo do bisavô, não chovia e as nuvens se afastavam para o sol sair. O mato brilhava molhado, dando sede, e a garapa saiu mais fresca e gostosa que da primeira vez. Antes de voltar para o jipe, apertei a mão do homem também com as duas mãos e falei muito obrigado, aí no jipe o vô falou que só tem uma coisa tão boa quanto agradecer:

— É receber agradecimento — e parou o jipe no acostamento, com o canivete fez sete talhos numa chumbada e me deu, dizendo que eu tinha pescado sete peixes, inclusive o maior deles e, portanto... — Neste momento, aqui, você é o maior pescador do mundo.

Quando chegamos em casa, a mãe perguntou como eu tinha me saído na pescaria, ele repetiu que eu era um grande pescador, um gigante, o Gigante do Rio Paraná, aí me lembrei e fui até a porta onde marcava minha altura com talhos de faca, e reclamei que ele tinha falado que eu ia voltar maior...

— ...mas voltei do mesmo tamanho!

Por fora, ele falou, só por fora, e foi dar peixes para os vizinhos, o padeiro, o açougueiro, o sapateiro. Fui junto e, quando voltamos para casa, o sol morria num céu tão colorido que apontei, "Olha, vô!", e ele falou viu, você está até vendo o poente, agora só falta ver o nascente...

Nasce o sol e, passando pelos vitrais, lança faixas coloridas pela capela. Vou olhar o céu lá fora, e as nuvens, sem parecer que mudam, mudam sem parar, como eu, que tanto mudei de trabalhos e ideias, mas levando pela vida inteira tudo que pesquei naquele dia no Rio Paraná, muito mais que peixes.

Depois volto para a capela, olho no caixão meu avô que era maior que eu naquele tempo, foi ficando menor conforme fui crescendo mas, agora, ele é que parece muito maior. A mãe também vem ficar ao lado do caixão e me pega a mão, diz teu vô parece até que sorri, e eu digo ele sorria mesmo para dentro, não?

No cemitério, quando o caixão sai do coche, pego uma das alças da frente e, a meio caminho do jazigo, alguém quer pegar, digo que não:

— É um prazer carregar certos pesos.

Quando deitam o caixão num dos gavetões do jazigo, a mãe joga flores antes que fechem com cimento e tijolos, e eu jogo a velha chumbada, brilhante porque passei a noite esfregando nos dedos. Ela pergunta o que é, digo que é só um jeito de agradecer.

CTP • Impressão • Acabamento
Com arquivos fornecidos pelo Editor

EDITORA e GRÁFICA
VIDA & CONSCIÊNCIA

R. Agostinho Gomes, 2312 • Ipiranga • SP
Fone/fax: (11) 3577-3200 / 3577-3201
e-mail:grafica@vidaeconsciencia.com.br
site: www.vidaeconsciencia.com.br